VENTE DU LUNDI 7 JUIN 1886

HOTEL DROUOT, SALLE N° 2

TABLEAUX MODERNES

AQUARELLES — DESSINS

EAUX-FORTES

EXPOSITION PUBLIQUE

LE DIMANCHE 6 JUIN 1886

DE 1 HEURE 1/2 A 5 HEURES

COMMISSAIRE-PRISEUR	EXPERT
M° LÉON TUAL	**M. B. LASQUIN**
56, rue de la Victoire, 56	12, rue Laffitte, 12

HONOR
ADDITVS
IMPRIMERIE DE L'ART

CATALOGUE

DE

TABLEAUX

MODERNES

PAR

Astruc, Baudit, Beauverie, Bidault, de Beaumont,
Bentabole, Blondel,
Carrier-Belléuse, Castan, Courtin,
Deshayes, Dubourg, Enriquez, Forcade, Th. Gudin, Hagemann,
Hannoteau, Hugard, Le Cœur,
Maincent, Noel, Ortego,
Pecrus, Renault, Sauzay, Trouillebert, Vallée,
Véron, etc., etc.

DONT LA VENTE AURA LIEU

HOTEL DROUOT, SALLE Nº 2

Le Lundi 7 Juin 1880

A 2 HEURES 1/2

Me LÉON TUAL	M. B. LASQUIN
COMMISSAIRE-PRISEUR	EXPERT
56, rue de la Victoire, 56	12, rue Laffitte, 12

EXPOSITION PUBLIQUE : Le Dimanche 6 Juin 1886
de 1 heure 1/2 à 5 heures

CONDITIONS DE LA VENTE

Elle sera faite au comptant.

Les acquéreurs payeront en sus des enchères *cinq pour cent*, applicables aux frais.

Paris — Imprimerie de l'Art. E. Ménard et J. Augry,
41, rue de la Victoire, 41.

DÉSIGNATION

TABLEAUX

1 — **Arbouin**. Sous bois.

2 — **Astruc (F.)**. Un Rabelaisien.

3 — **Baudit**. Paysage.

4 — **Baudit**. Bestiaux dans un paysage.

5 — **Beauverie**. Le Retour à la ferme; soleil couchant.

6 — **Bidault**. Moutons au pâturage.

7 — **Beaulieu (De)**. Femme nue couchée.

8 — **Beaumont (De)**. Paysage.

9 — **Bentabole.** Marchande d'oranges.

10 — **Blondel (M.).** Marine.

11 — **Bonington** (Genre de). Paysage avec moulin.

12 — **Bonvin.** Portrait d'Infante ; genre Velasquez.

13 — **Brown** (J. L.). L'Embuscade.

14 — **Carrier-Belleuse.** Jeune Mère.

15 — **Castan.** Sous bois.

16 — **Capdevielle.** Le Jour des prix.

17 — **Catuffe.** Buste de femme.

18 — **Chasserie.** Paysage.

19 — **Chataud (A.).** Bohémiens en voyage.

20 — **Courtin.** Paysage.

21 — **C. C.** Chanteur napolitain.

22 — **Daubigny.** Vue prise au bord de la Seine ;
soleil couchant ; esquisse.

23 — **Davau.** L'Amour.

24 — **Decamp.** Tête de chien.

25 — **Delangle.** Eaux-fortes.

26 — **Deshayes (Ch.).** Route de Cernay.

27 — **Didier.** Paysage avec animaux.

28 — **Dieudonné.** Coquetterie.

29 — **Dracopolis.** Dans la vallée.

3o — **Dreux** (Attribué à **A. De**). Chevaux.

3 1 — **Dubourg (A.).** La Sortie de l'église.

3 2 — **Dumoulin (Louis).** Marine.

33 — **Dupré (Victor).** Vaches près d'une forêt ; étude.

34 — **Enriquez (1884).** Le Muletier.

35 — **École française du XVIIIe siècle.** La Surprise.

36 — **Forcade.** Ramasseurs de lin.

37 — **Forcade.** La Fille du garde.

38 — **Gabriel.** Vases de fleurs.

39 — **Gudin (Th.).** Marine ; lever de soleil.

40 — **Gudin (Th.).** Marine ; coucher de soleil.

41 — **Hagemann (C. de).** Vue du Caire.

42 — **Hannoteau.** Paysage.

43 — **Hannoteau.** Effet de neige.

44 — **Hey.** Nature morte.

45 — **Hugard (C.).** La Moisson.

46 — **La Côte.** Fleurs et bijoux.

47 — **Le Cœur.** Le Dix-Huit Brumaire.

48 — **Le Cœur.** Scène du temps de Louis XVI.

49 — **Le Cœur.** Scène sous le Directoire.

50 — **Le Page (Bastien)**. La Vague ; étude.

51 — **Loewy**. Portrait d'homme.

52 — **Le Viennois**. Paysage.

53 — **Maillart**. Premiers bijoux.

54 — **Maincent**. Jeune Veuve.

55 — **Michel (E.)**. Sous bois.

56 — **Noël (J.)**. Une Rue en Bretagne.

57 — **Ortego**. La Prière du Bandérillos.

58 — **Paillard**. Vue de Berks.

59 — **Pangalli**. Marine.

60 — **Papeleu**. Vue de la Seine.

61 — **Pardonneau** Fleurs dans un vase.

62 — **Pardonneau**. Nature morte.

63 — **Pécrus**. La Marguerite.

64 — **Pelouze.** La Mare ; paysage.

65 — **Piaud.** Roses de Noël.

66 — **Pierrat.** Deux natures mortes.

67 — **Pierrat.** Vases de fleurs.

68 — **Poirson.** Réception à bord.

69 — **Renault.** Grand paysage.

70 — **Renault.** Une Ferme.

71 — **Renault.** Cour de ferme.

72 — **Roybet.** Pages et hommes d'armes ; étude.

73 — **Rubens** (École de). Sommeil d'Angélique.

74 — **Sabine.** Corbeille de grenades.

75 — **Sabine.** Marine.

76 — **Saunhac** (de). La Fin d'un raily.

77 — **Sauzay** (A.). Lavoir au Pecq.

78 — **Sébillot**. Marine.

79 — **Seghers (Daniel)**. Tulipes et roses dans un
vase en cristal.

80 — **Tauzin**. Dans les bois.

81 — **Trouillebert**. La Réussite.

82 — **Vallée**. Le Pont des Tournelles.

83 — **Vernay**. Vase de fleurs.

84 — **Véron**. Paysage.

85 — **Vuagnat**. Vaches dans un paysage.

AQUARELLES — DESSINS

86 — **De Bar (A.).** Vue de Suisse ; aquarelle.

87 — **Allaire.** Sous bois ; aquarelle.

88-89 — **Bonnet.** Paysages ; deux dessins au fusain.

90 — **Jacque (Ch.).** Passage du gué ; étude au fusain.

91 — **Constant.** Bas-relief ; dessin à l'encre de Chine.

92 — **Gerber.** Giton et Phédon ; dessin.

93 — **Mask.** Jeune Femme ; aquarelle.

94 — **Meyret.** Bataille de Gravelotte ; aquarelle.

95 — **Michel.** Dans le bois ; dessin au crayon.

96 — **Noirot.** Marlotte ; aquarelle.

97 — **Rousseau (Th.)**. Étude de forêt ; dessin à la mine de plomb.

98 — **Routier.** Fleurs ; pastel.

99 — **Tirpenne.** Le Chêne et le Roseau ; grand dessin au fusain.

100 — **Inconnu.** Paysage ; aquarelle.

EAUX-FORTES

101 — **Coindre (G.)**. Deux eaux-fortes.

102 — **Condé**. Buste d'homme ; eau-forte.

103 — **Masson**. Motifs ; eaux-fortes.

104 — **Masson**. Buste d'homme ; eau-forte.

105 — **Maubert**. Eaux-fortes.

106 — **Prunaire**. Eaux-fortes.

9 782329 386386